¡Wow!

Dedico este libro con amor y gratitud a Jim Crabb. Gracias por enseñarme a confiar en Cristo como el camino al cielo en lugar de apoyarme en mis esfuerzos de ser lo suficientemente buena. Espero que este libro ayude a los niños alrededor del mundo como usted me ayudó a mí.

–Tracy Harrast

© 2005 Editorial Vida
Miami, Florida

Publicado en inglés bajo el título:
Guess What? Story Bible
por The Zondervan Corporation
© 2004 por Tracy Harrast

Traducción: *Kerstin Anderas de Lundquist*
Edición: *Madeline Diaz*

ISBN: 978-0-829-74448-4

Categoría: Niños

Impreso en China
Printed in China

13 14 15 16 17 /LPC/ 15 14 13 12 11

¿Adivina qué?
Historias de la Biblia

Escrito por Tracy Harrast
Traducido por Kerstin Anderas de
Lundquist
Ilustrado por Paul y Alice Sharp

Editorial **Vida**

Índice

El comienzo del mundo
Génesis 1:1—2:3

En el principio, ⬭ creó los cielos y la tierra.
Todo estaba oscuro y las ⬭ cubrían la
tierra.

Y dijo Dios: «¡Que exista la ⬭!» Y hubo luz.
Dios vio que la luz era buena. A la luz la
llamó «⬭», y a las tinieblas las llamó
«⬭». Ese fue el primer día. El segundo día
Dios hizo el ⬭.

El siguiente día Dios hizo que apareciera la
⬭ seca y creó las plantas y los árboles.
Luego, el cuarto día, Dios hizo el ⬭, la luna y
las estrellas.

Dios creó las aves y los ⬚ el quinto día. Al llegar el sexto día, Dios hizo los ⬚. Después hizo un ⬚ y una mujer a su imagen. Les dijo que tuvieran hijos.

Dios miró todo lo que había hecho, y vio que era muy ████. Dios bendijo el ████ día porque era el día en que él descansó.

Busca y halla

¿Por qué es bueno el descanso?

¿Qué pasaría si trabajáramos todo el tiempo?

¿Qué partes de la creación de Dios te hacen pensar en su grandeza?

Las primeras personas
Génesis 2:7-25

Después de crear el mundo, Dios hizo al primer hombre del  de la tierra. Le dio el nombre de Adán. Dios puso a Adán en un jardín llamado y le dijo que el jardín.

Dios no quería que Adán estuviera , de modo que decidió hacer una amiga adecuada para él. Mientras Adán dormía, Dios tomó una

de sus , con la que hizo una ▨▨▨.
Cuando Adán despertó y la vio se sintió muy
contento. «Ella es hueso de mis ▨▨▨ —dijo
Adán—. Su cuerpo ha sido formado de mi
cuerpo. Se llamará mujer, porque del ▨▨▨
fue sacada».

Por eso el hombre dejará a su ⬭ y a su madre, y se unirá a su ⬭. Los dos llegarán a ser ⬭.

Adán y Eva estaban ⬭, pero eso no les preocupaba. Estaban contentos en el jardín del ⬭ ... por un tiempo.

Busca y halla

Dios nos hizo a nosotros también. ¿Cómo podemos mostrarle que estamos agradecidos por nuestro cuerpo?

¿Quisieras casarte algún día?

Una serpiente en el jardín

Génesis 2:16-17; 3:1-23; Romanos 5:13-18

Dios le dijo a Adán: «Pueden comer de cualquier ⬭ del ⬭, excepto de uno. No coman del fruto del árbol del conocimiento del bien y del mal. Si lo hace, ⬭».

El diablo era una serpiente astuta. Le ⬭ a Eva: «No van a morir. Dios sabe que cuando coman, llegarán a ser sabios como él».

Eva vio que el fruto del árbol era bueno. Ella quería tener ⬭, así que comió un poco. Luego le dio a Adán, y él también comió.

Adán y Eva se preocuparon porque estaban ⬭. Hicieron ropas con ⬭ de higuera y se escondieron de Dios.

«¿Han comido del fruto que les prohibí comer?», preguntó Dios. Adán culpó a Eva. Luego Eva culpó al . Dios los  a los tres.

Desde entonces, todas las personas tendrían que . Adán y Eva tuvieron que irse del

jardín. Dios les dio ropa de pieles para vestirse.
Porque Adán ▨, todas las personas morirían
algún día, tal como Dios había dicho. Pero
▨ cambió todo eso. Busca la página 86
para leer más acerca de Jesús.

Busca y halla

**Tal como Adán, todos hemos pecado.
¿Has pedido a Jesús que
perdone tus pecados?**

Animales en el arca

Génesis 6:5—9:17

La gente se había vuelto tan mala que hasta sus pensamientos eran ⬬. Dios estaba triste. Dios dijo a un buen hombre llamado ⬬ «Construye un ⬬ de madera. Un ⬬ va a destruir a todos los seres vivientes bajo el cielo. Pero tú y tu familia, y los ⬬ que entren contigo en el arca, vivirán».

Noé hizo todo lo que Dios le ordenó. Construyó el arca. Luego él con su familia y por lo menos una ⬬ de cada animal, el macho y su hembra, entraron al arca. Noé llevó ⬬ para todos. Llovió durante ⬬ días y noches. Las aguas cubrieron las ⬬. Murieron todos los seres ⬬ de la tierra.

El arca se detuvo sobre las montañas de . Cuando la tierra estaba completamente seca, Noé salió del  con su familia y los animales. Luego construyó un  y adoró a Dios.

«Nunca más un  destruirá la tierra», prometió Dios. Como señal de esta promesa, Dios colocó un  en las nubes. ¡Hoy también podemos ver esa señal!

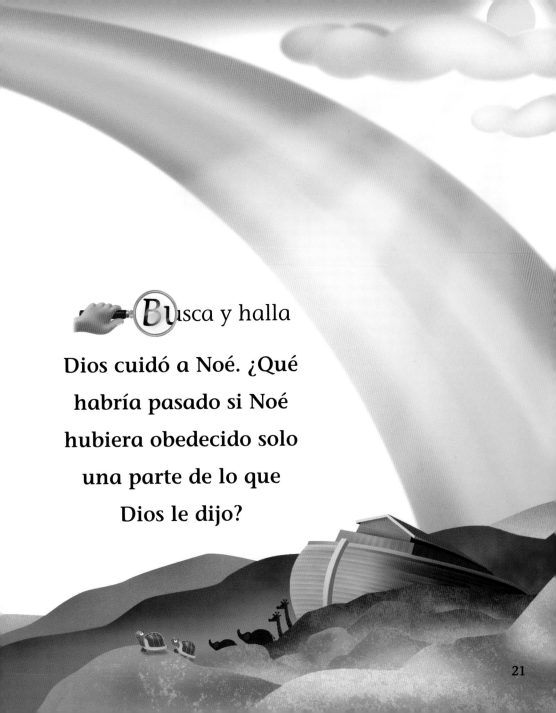

Busca y halla

Dios cuidó a Noé. ¿Qué habría pasado si Noé hubiera obedecido solo una parte de lo que Dios le dijo?

Cuenta las estrellas

Génesis 12:1—21:5

Dios le dijo a Abram que fuera a vivir a otra
⬤. Pero no le dijo exactamente a dónde
debía ir. Abram ⬤ en que Dios le
mostraría. Cuando él llegó a Canaán, Dios le
dijo: «Daré esta tierra a tus ⬤».

Abram y su esposa, Saray, no podían tener un
⬤. Abram pidió ayuda a Dios. Él le dijo:
«Mira hacia el cielo. Cuenta las ⬤, a ver
si puedes». Luego dijo: «Así de tantos ⬤
habrá algún día en tu familia». Abram le
creyó a Dios. Dios le cambió el nombre de
Abram a ⬤. Y a Saray la llamó Sara.

Un día, tres  llegaron de visita.
Abraham los invitó a comer. Uno de los
ángeles dijo: «Cuando vuelva dentro de un
, Sara tendrá un ».

Sara estaba a la entrada de la ⬚. Oyó lo que dijeron y se ⬚. Ella pensaba que era demasiado ⬚ para tener un bebé. Pero tuvo un hijo tal y como el ángel había prometido. ¡Sara tenía noventa años de edad y Abraham tenía cien años! Ellos llamaron ⬚ a su hijito.

Busca y halla

Dios no le dijo a Abraham exactamente a dónde debía ir. ¿Por qué no?

Del pozo al palacio

Génesis 37:2—50:20

El padre de José le mandó a hacer una ⬡.
Sus once hermanos estaban ⬡. Cuando
José dijo que había ⬡ que ellos se inclinaban
ante él, se enojaron y lo echaron en un ⬡.
Después lo vendieron como esclavo.

José fue a parar a una ⬡ en Egipto, aunque
no había hecho nada malo. El copero del rey
estaba en la cárcel con él. Este hombre le contó a
José un ⬡. José dijo que significaba que iba a
ser puesto en ⬡. El copero prometió ayudar
a José, ¡pero se le ⬡! Dos años más tarde, el
rey tuvo ciertos ⬡ y quería saber el
significado. ¡Por fin el ⬡ se acordó de José!

José le dijo al rey lo que significaban sus sueños y le advirtió que vendrían siete años de , en los que no habría cosecha. El rey le dio a José el importante trabajo de ayudar a la gente en Egipto a almacenar el .

Luego vino una gran hambre. Los ▨▨▨▨▨ de
José fueron a ▨▨▨ a comprar alimento.
Tuvieron miedo al enterarse de que el hombre
encargado era José. Se ▨▨▨▨▨ ante él como lo
habían hecho en el ▨▨▨ de José. Él los ▨▨▨▨
y dijo: «Ustedes pensaron hacerme mal, pero Dios
quiso ▨▨▨ la vida de mucha gente».

Busca y halla

¿Te ha pasado algo que al principio pareció
malo, pero que Dios transformó en algo
bueno para ti y para los demás?

El bebé en la canasta

Éxodo 2:1-10

Una  en Egipto quiso salvar a su hijito de manos del malvado 🔵. Ella lo puso en una canasta e hizo flotar la canasta en el 🔵. Miriam, la hermana del bebé, se quedó a cierta distancia para cuidarlo.

Una  se estaba bañando en el río. Ella vio la canasta y la abrió. Al ver al bebé que lloraba, le tuvo ⬭. Miriam preguntó: «¿Quiere usted que vaya y llame a alguien para que ⬭ al niño?» ¡La ⬭ le pagó a la propia ⬭ del bebé para que lo alimentara!

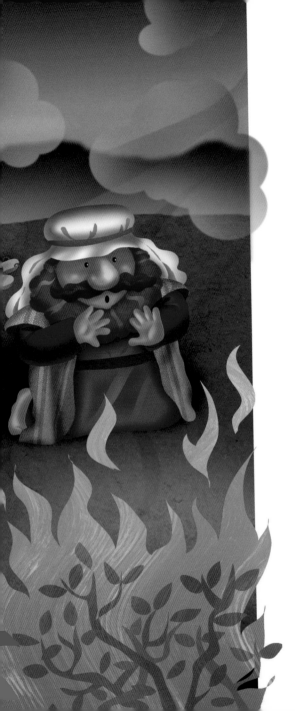

Cuando el niño creció, fue a vivir con la ⬭ y llegó a ser su hijo. Ella le puso por nombre ⬭. Cuando Moisés ya era mayor de edad, se fue de Egipto y llegó a ser ⬭ de ovejas. Un día Dios le habló desde una ⬭ que estaba envuelta en llamas. El Señor dijo: «He visto que mi pueblo sufre como esclavos en ░░░. He oído el clamor de ellos. Quiero que ░ los saques de Egipto. Yo estaré contigo». ¡A Moisés le esperaba una gran aventura!

 **B**usca y halla

Cuando los esclavos clamaron a Dios,

él los oyó y les mandó ayuda.

¿Qué ayuda necesitas tú de parte de Dios?

La huida a través del mar

Éxodo 7:14—15:21

La gente de ⬚ trataba muy mal a los

⬚, el pueblo de Dios. Los israelitas eran

⬚. Ellos trabajaban sin recibir ningún pago.

Los israelitas estaban tristes. Ellos oraron a Dios por

ayuda.

Dios envió a Moisés a decir al ⬚, el rey de

Egipto, que dejara ir a los esclavos. «¡No!», dijo el

faraón. Entonces Dios mandó ⬚ para que los

dejara ir. Antes de cada
plaga, Moisés dio al faraón otra
oportunidad para dejar ir a los israelitas.
Pero el faraón era muy terco. Aun después de
las plagas de ⬤, mosquitos, tábanos,
langostas, animales muertos, ⬤, granizo, y
tres días de ⬤, el faraón dijo: «¡No!»
Cuando su hijo ⬤ en la décima plaga, por fin
el faraón dejo ir a los israelitas. Después que se
habían ido, se arrepintió. ¡El faraón y su ejército
los persiguieron con caballos, ⬤ y jinetes!

Dios abrió un camino para que los israelitas escaparan. Él  las aguas del Mar . Los israelitas lo cruzaron sobre tierra seca. Luego  alabanzas a Dios.

Busca y halla

Si hubieras estado allí, ¿cómo te habrías sentido al caminar por el mar? ¿Cómo te ha ayudado Dios a vencer un problema que parecía imposible?

Milagros por medio de Moisés

Éxodo 4:1-9; 16:31,35; 17:3-6; Números 21:4-9;

Deuteronomio 8:4; Juan 3:14-15

Dios hizo muchos ⬭ por medio de Moisés. La vara de Moisés se convirtió en una ⬭. Después Dios la convirtió otra vez en una vara. La mano de Moisés se volvió ⬭ cuando se la llevó al pecho y la sacó de su ⬭. Cuando Moisés se llevó de nuevo la mano al pecho, Dios la volvió como el resto de su cuerpo.

Al seguir a Moisés por el desierto, los israelitas tuvieron ⬭. Moisés golpeó una ⬭, tal como Dios le dijo, y salió ⬭ de ella.

Dios alimentó a los israelitas durante los  años que pasaron en el desierto. Seis días por semana un pan llamado aparecía en el suelo. Era y dulce como las tortas hechas con .

Cuando los israelitas se estaban muriendo por las mordeduras de serpientes, Dios le dijo a Moisés que hiciera una serpiente de y la pusiera en un asta.

Si alguno miraba la serpiente, viviría. El que no la mirara, moriría. Más tarde, Jesús explicó que con él también es así. Cualquiera que mira a  para ser salvo, para siempre. Cualquiera que no mira a él, no vivirá.

Busca y halla

¿Quisieras ver un milagro?
¿Por qué sí o por qué no?

41

Los Diez Mandamientos

Éxodo 20:3-17; 34:1-8,28-29

Dios descendió sobre la cumbre del monte
para hablar con Moisés. «Yo soy un Dios
bueno y compasivo —dijo—. Estoy lleno de
gracia. No me fácilmente. Soy fiel y
estoy lleno de amor.

»Yo a los que hacen maldad. Perdono
a los que no obedecen. Y perdono a los que
cometen pecado. Pero no dejo sin castigo a los
culpables». Moisés se inclinó y a Dios.
Entonces Dios escribió los Diez Mandamientos
en dos tablas de :

1. No tengas otros además de mí.
2. No te hagas ningún ídolo.

3. No pronuncies el ⬭⬭⬭ de tu Dios a la ligera.

4. Acuérdate del sábado, para que sea un día ⬭⬭⬭.

5. Honra a tu padre y a tu madre.

6. No ⬭⬭⬭.

7. No cometas adulterio.

8. No robes.

9. No ⬭⬭⬭.

10. No codicies las cosas que pertenecen a ⬭⬭⬭.

Moisés bajó del  con las tablas. Su rostro
porque había hablado con Dios.

Busca y halla

Jesús dijo que los mandamientos de Dios son

acerca del amor a Dios y al prójimo

(ver Mateo 22:36-40).

¿Cómo mostramos amor al cumplir cada

uno de los Diez Mandamientos?

Grandes batallas de la Biblia

Éxodo 17:8-16; Josué 6:1-20; 10:1-15;

Jueces 4:1—5:1

Los israelitas confiaban en Dios. Él les ayudó a ganar muchas ⬭. Al luchar contra los amalecitas, los israelitas ganaban cuando ⬭ mantenía los brazos en alto. Eso era prueba de que los israelitas confiaban en Dios. Pero Moisés se cansaba. Entonces dos ⬭ le sostuvieron los ⬭ hasta que ganaron la batalla.

Una de las más famosas batallas ocurrió en ⬭. Dios le dijo a Josué cómo ganar. Josué y sus hombres ⬭ alrededor de la ciudad mientras los ⬭ tocaban ⬭ de cuernos de carnero. Cuando Josué y los hombres gritaron, ¡las ⬭ de la ciudad se derrumbaron!

El ejército de Josué avanzó y tomó la ciudad. En otra batalla, Dios mandó del cielo una tremenda ⬚⬚⬚⬚⬚. La granizada mató a más amorreos que los que murieron a filo de ⬚⬚⬚⬚⬚.

¡Y Dios contestó la oración de Josué de que el  se detuviera en el cielo hasta que ganaran! En otra batalla Dios usó a una mujer llamaba ⬭. Ella tenía un mensaje de Dios para Barac. Le dijo que Dios quería que llevara a los israelitas a la ⬭. Barac se negó a ir sin ella, de modo que Débora lo acompañó. Al ganar la batalla, alabaron juntos a Dios con un ⬭.

Busca y halla

Nombra tres maneras en las que alabas a Dios cuando te ayuda.

Dios dirige a Gedeón

Jueces 6:11-7:25

El Señor le dijo a Gedeón que dirigiera al ⬭
de Israel contra otro ejército. Gedeón preguntó:
«¿Cómo? Mi familia es ⬭, y yo soy el más
⬭ de mi familia». El Señor le contestó:
«Yo estaré contigo».

Gedeón quería estar seguro. Puso un ⬭ de
lana en el suelo y le dijo a Dios: «Si mañana
temprano solo el vellón está ⬭ y el suelo
queda ⬭, sabré que me usarás para salvar a
Israel». Al día siguiente el vellón estaba mojado y
el suelo estaba seco.

Entonces, Gedeón dijo: «Permíteme hacer una
⬭ más con el vellón. Esta vez haz que el
vellón quede ⬭ y que el ⬭ quede mojado».

Así lo hizo Dios. De modo que Gedeón reunió a un ejército muy grande. Dios le dijo: «Tienes demasiada . No quiero que Israel se jacte y diga que su propia lo ha librado».

Dios le ordenó a Gedeón que enviara a casa a casi todo

el ejército. Se quedaron solo
[...] hombres.

A la hora de atacar, el pequeño ejército
de Gedeón sostenía [...].
Hicieron pedazos los [...],
tocaron las [...], y
gritaron: «¡Por la [...] del
Señor y de Gedeón!» Y
entonces el otro ejército [...].

Busca y halla

**¿Cómo puedes estar seguro de que
estás haciendo lo que
Dios quiere?**

Samuel escucha a Dios

1 Samuel 3:1-19

Un niño llamado Samuel vivía en el ⬤ con el profeta Elí. Elí le enseñó a ⬤ al Señor. En esos tiempos Dios no daba muchos mensajes a su pueblo. Pero una noche, después que Samuel se había ⬤, Dios lo llamó.

Samuel fue corriendo a donde estaba Elí, y le dijo:

—⬤ estoy. Usted me llamó.

—No te he llamado —respondió Elí—. Vuelve a acostarte.

Lo mismo volvió a suceder, y Samuel fue a donde estaba Elí una segunda vez. Elí le dijo que volviera a ⬤.

La tercera vez, Elí comprendió que era el Señor el que llamaba a Samuel.

—Ve y acuéstate —le dijo Elí—. Si alguien vuelve a llamarte, dile: «⬤, Señor, que tu siervo escucha».

Así lo hizo Samuel. El Señor vino y lo volvió a llamar:

—¡Samuel! ¡Samuel!

Entonces Samuel dijo:

—Habla, que tu siervo escucha.

Dios  a Samuel algunos de sus planes. A la

mañana siguiente, Samuel
comunicó a Elí el mensaje de Dios.
Mientras Samuel crecía, el Señor
estaba con él. Todo lo que le había
dicho a Samuel se ⬭.

 **B**usca y halla

**Cuando Samuel dijo que estaba
escuchando, Dios le dio el mensaje.
Al orar, ¿escuchas para oír al
Espíritu Santo hablando a tu corazón?**

David vence a un gigante

1 Samuel 16:4—17:50

El rey Saúl quería que alguien tocara el ⬭ para calmarlo. Uno de sus siervos le dijo: «David sabe tocar el arpa. Es un ⬭ valiente, y es muy hermoso. Además, el ⬭ está con él». Cuando David tocaba el arpa, Saúl se sentía mejor.

Un día, un ⬭ de casi tres metros de estatura desafió al ejército de Saúl, diciendo: «Escojan a alguien que pelee conmigo. Si él gana, seremos ⬭ de ustedes; pero si yo lo venzo, ustedes serán nuestros esclavos». Saúl y todos sus guerreros tuvieron mucho ⬭.

—Yo pelearé contra él —dijo David.

—Tú eres muy ⬭ —dijo el rey Saúl.

—El SEÑOR me ha salvado de un ⬭ y de un ⬭ —dijo David—. Él me salvará también de este gigante.

David tomó su honda y cinco  pequeñas. Goliat lo amenazó, diciendo:

—Te vas a arrepentir.

—Tú vienes a pelar contra mí con  —dijo

David—. ¡Pero yo vengo a ti en el nombre del
⬤!

David tomó su honda y lanzó una piedra. La
piedra golpeó al gigante en la ⬤ y lo mató.
Goliat cayó de ⬤ al suelo.

 **Busca y halla**

**¿Qué ha hecho Dios por ti en el pasado que te
permite confiar en que te volverá a ayudar?**

**¿Tienes un problema gigantesco? Si es así, ¿qué
ayuda necesitas de parte de Dios?**

Dios y Elías

1 Reyes 19:1–18; Santiago 5:17

La Biblia dice que Elías era una persona común, como nosotros. Pero Elías tenía una gran fe, y Dios hizo ⬭ extraordinarios por medio de él.

Para ayudar a Elías a comprobarle a los demás que Dios existe, el Señor hizo caer sobre un ⬭ del cielo. Durante una sequía, Dios envió pájaros que cada día llevaron comida a Elías.

Un día, cuando Elías estaba en una ⬭, Dios le dijo: «Sal y párate en la ⬭. Voy a pasar por allí».

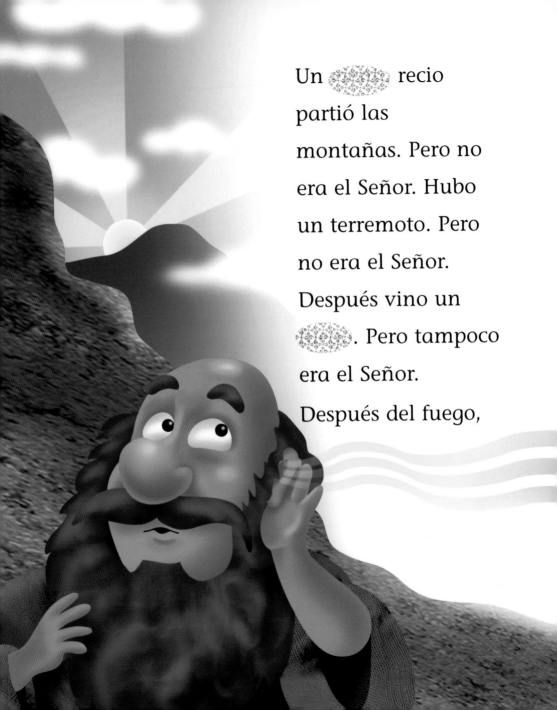

Un recio partió las montañas. Pero no era el Señor. Hubo un terremoto. Pero no era el Señor. Después vino un . Pero tampoco era el Señor. Después del fuego,

vino un suave murmullo. Era la voz de Dios.
Elías le dijo a Dios que tenía ░░░ y que él
era el único creyente que había quedado con
vida. Dios le dijo que había ░░░ de personas
que todavía creían.

Dios mostró a Elías que estaba con él en lo
grande y en lo ░░░.

 **B**usca y halla

A veces puedes sentir que eres el único
que cree en Dios, pero en realidad
hay millones de creyentes.
¿Conoces a alguien que ama a Dios?

La reina que arriesgó su vida

Ester 1:1—9:31

El rey Asuero escogió a una hermosa mujer ████ para que fuera la reina.

Mardoqueo, el primo de Ester, la había ████ cuando los padres de ella murieron.

Mardoqueo no quiso ████ y rendir homenaje a un hombre malvado llamado ████. El orgulloso Amán se enojó. Él sabía que Mardoqueo era judío. Para vengarse, Amán pidió al rey que emitiera un decreto que proclamara que todos los judíos fueran ████. El rey no sabía que la reina Ester era judía.

Ester necesitaba pedir misericordia al rey. Pero

según la  nadie podía acercarse al rey sin ser invitado. Si alguien lo hacía, era sentenciado a , a no ser que el rey extendiera su . Mardoqueo le dijo a Ester: «Es posible que hayas llegado al trono para un como este».

Ester pidió al pueblo judío que ▒▒▒▒▒, que durante tres días no comiera ni bebiera. Ella también ayunó. Luego fue a ver al rey. Él extendió su cetro de oro. ¡Ester estaba a ▒▒▒! El rey mandó a matar al malvado Amán de la manera que él había planeado matar a ▒▒▒▒▒. Luego el rey les permitió a los judíos ▒▒▒▒▒ contra los que los atacaran. ¡Nadie podía resistirlos!

 **usca y halla**

¿Cómo puedes ayudar a las personas que tú conoces?

Salmos

(NVI)

Los Salmos son poemas, oraciones y alabanzas a Dios. Muchos son cantos. Estos son algunos de los favoritos:

El Señor es mi ⬚, nada me falta; en verdes ⬚ me hace descansar. Junto a tranquilas aguas me conduce...

Salmo 23:1-2

Dios es nuestro amparo y nuestra fortaleza, nuestra ayuda segura en momentos de ⬚.

Salmo 46:1

¡Regocíje

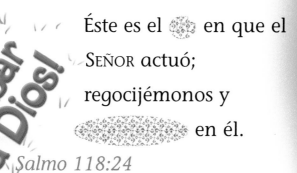

Éste es el 🌅 en que el SEÑOR actuó; regocijémonos y ⬭ en él.

Salmo 118:24

En mi ⬭ atesoro tus dichos para no pecar contra ti.

Salmo 119:11

Tu palabra es una ⬭ a mis pies; es una luz en mi ⬭.

Salmo 119:105

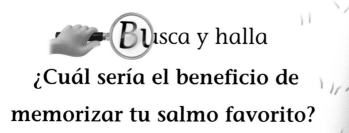

Busca y halla

¿Cuál sería el beneficio de memorizar tu salmo favorito?

Proverbios

(NVI)

En el libro de Proverbios hay muchos consejos para vivir con ⬚. El rey ⬚ escribió a su hijo casi todos esos consejos. Estos son algunos favoritos:

Confía en el SEÑOR de todo ⬚, y no en tu propia ⬚.
Proverbios 3:5

Al necio le parece ⬚ lo que emprende, pero el ⬚ atiende al consejo.
Proverbios 12:15

Aprender ser sabio

Crecer

El que con sabios anda,  se vuelve; el que con necios se [----], saldrá mal parado.

Proverbios 13:20

La respuesta amable calma el enojo, pero la agresiva echa [----] al fuego.

Proverbios 15:1

Servir al pobre es hacerle un [----] al Señor; Dios [----] esas buenas acciones.

Proverbios 19:17

Busca y halla

Para aconsejar a un amigo, ¿cómo dirías estos proverbios en tus propias palabras?

73

Caminando en el fuego

Daniel 3:1-30

El rey Nabucodonosor mandó a hacer una ⬬ de oro tan alta como un edificio de tres pisos. Medía veintisiete metros de alto por dos metros y medio de ancho. Él ordenó a todos: «Tan pronto como escuchen la ⬬ deberán inclinarse y ⬬ a la estatua. Si no se inclinan serán arrojados a un ⬬ en llamas».

Sadrac, Mesac y Abednego se negaron a adorar la estatua. Dijeron al rey: «El Dios al que ⬬ puede ⬬ del horno. Pero aunque nuestro Dios no nos ⬬, no honraremos a sus dioses».

El rey estaba muy furioso. Dio orden a sus  más fuertes de que amarraran a Sadrac, ▨ y ▨ y que los arrojaran al horno en llamas. Pero los tres hombres no ▨ en el fuego.

Nabucodonosor se puso de pie. Se asombró al ver que a los hombres no les había pasado _____ y que había alguien con ellos en el horno. «El _____ hombre tiene la apariencia de un dios», dijo el rey.

El rey los mandó a salir del _____. Ni uno solo de sus _____ se había chamuscado. Su _____ tampoco estaba quemada. ¡Y ni siquiera olían a _____!

 **Busca y halla**

Cuando alguien trata de convencerte para hacer algo malo, ¿qué pasaría si dices que no? ¿Cómo Dios pudiera ayudarte?

Los leones que se quedaron sin cena

Daniel 6:1-28

Daniel era uno de los ⬭ del rey Darío.
Daniel hacía su trabajo mejor que cualquiera. El
rey pensó en ponerlo al frente de todo el reino.
Los demás funcionarios estaban ⬭. Ellos
empezaron a buscar algún motivo para acusar a
Daniel. Pero no pudieron sorprenderlo haciendo
nada ⬭.

Convencieron al rey que emitiera un ⬭ para
que durante ⬭ días solamente se ⬭ al rey.
Si alguien adoraba a cualquier dios u hombre,
sería arrojado al ⬭ de los leones.

Daniel, sin embargo, oró *a Dios* ⬭ veces al día,
con la ⬭ abierta. Los otros funcionarios le

avisaron al rey que Daniel había desobedecido el
decreto acerca de la .

Los guardas arrojaron a  al foso de los
leones. El rey le dijo: «Siempre sirves a tu .
¡Que él se digne salvarte!»

Tan pronto como amaneció, el rey
se apresuró y fue al foso de los leones,
y gritó:

—¡Daniel! ¿Pudo tu Dios salvarte de los
leones?

—Mi Dios envió a su  y les cerró la a
los leones —dijo Daniel.

Los leones no hicieron daño a Daniel, porque él
había confiado en Dios.

Busca y halla

**¿Orarías a Dios en tu escuela aunque fuera
prohibido hacerlo?**

**¿Has confiado alguna vez en Dios para que te
proteja de un peligro?**

Tres días en un pez

Jonás 1:10—3:10

Dios dijo a Jonás: «Ve a ⬭ a predicar».
Pero Jonás trató de huir de Dios. Se embarcó
en una nave que iba a ⬭.

Una fuerte ⬭ golpeaba al barco. Todos
los marineros estaban asustados. El capitán del
barco despertó a Jonás y le dijo:

—¡Levántate! ¡Clama a tu ⬭ para que nos
ayude! Quizá se fije en lo que nos está
pasando y no perezcamos.

—Esta terrible tormenta es ⬭ mía —dijo
Jonás.

Él les dijo a los

▨▨▨▨▨ que lo lanzaran al mar. Al hacerlo, el mar se ▨▨▨▨▨. Para que Jonás no se ▨▨▨▨▨, Dios envió a un enorme pez que se lo ▨▨▨▨▨. Jonás estuvo dentro del pez tres días y tres noches. Jonás oró: «En mi ▨▨▨▨▨ clamé a ti, Señor, y me respondiste. Cuando estuve por ahogarme, pedí ⬤, y tú ⬤ mi clamor». Jonás se ⬤ de no haber ido a Nínive. Cuando el pez ⬤ a Jonás en tierra firme, él fue a Nínive inmediatamente.

Jonás ⬤ a la gente de Nínive que debía dejar de hacer lo malo. Las personas creyeron a Jonás y se ⬤. Dios vio esto y decidió no ⬤.

Busca y halla

¿Por qué es malo tratar de huir de Dios?

Nacimiento del Hijo de Dios

Mateo 2:1-11; Lucas 2:1-20

María estaba embarazada. Iba a tener un hijito. Ella y su esposo, José, tenían que ir a  a anotar sus nombres en una lista de . No había lugar para ellos en la , de modo que se alojaron en un establo.

Mientras estaban allí, María dio a luz al Hijo de Dios. Lo envolvió en ⬤ y lo acostó en un ⬤, un cajón que contenía la ⬤ de los animales.

En el campo, unos pastores pasaban la noche cuidando sus rebaños. Un ⬤ se les apareció y les dijo: «No teman. Les traigo buenas noticias que serán de gran alegría. Hoy ha nacido un Salvador, que es Cristo el Señor. Hallarán al niño envuelto en pañales, acostado en un pesebre».

De pronto el cielo se llenó de ▨▨▨ que alababan a Dios. Ellos dijeron: «Gloria a Dios en las alturas, y en la tierra ▨▨ a todos».

Los pastores fueron rápidamente a Belén y encontraron a Jesús. Ellos contaron a todos la noticia. Todos los que la oyeron se ▨▨▨.

María guardó todas estas cosas como un tesoro en su corazón. Más tarde, unos hombres sabios siguieron a una ▨▨ para encontrar a Jesús. Le dieron ▨▨ y lo adoraron.

(B)usca y halla

¿Cómo acostumbras a celebrar la Navidad?
¿Qué cosa te recuerda más acerca de Jesús?

Juan bautiza a Jesús

Mateo 3:13-17; 4:1-11

Jesús fue al río para que Juan lo
bautizara. Jesús nunca había pecado, pero
dijo: «Es que hagamos esto. Así
cumplimos el santo plan de Dios».

Tan pronto como Jesús fue bautizado, el
Espíritu de Dios descendió sobre él como una
. Una voz desde el cielo dijo: «Éste es
mi Hijo ; estoy muy con él».

Luego Jesús fue al . No comió durante
cuarenta días. El diablo lo tentó de
maneras distintas, pero Jesús no .

Primero, como Jesús tenía hambre, Satanás

trató de tentarlo para que convirtiera las piedras en .

Luego trató de que Jesús saltara del  para que los  lo sostuvieran en sus manos. Después el diablo le ofreció todos los  del mundo si Jesús se  y lo adoraba. «¡Vete, !», le dijo Jesús.

Jesús no cedió a ninguna de las tentaciones del diablo. Cada vez venció a Satanás citando la . Por fin el diablo lo dejó.

 **B**usca y halla

¿Puedes hallar un versículo
para memorizar que te ayude
a vencer la tentación?

Vida eterna

Juan 3:1-21

Un dirigente de los judíos llamado Nicodemo
fue de  a visitar a Jesús. «Quien no
de nuevo no puede ver el reino de Dios», le dijo
Jesús.

Esto sorprendió a Nicodemo. Se preguntaba
cómo podría un hombre nacer de .

La primera vez que naces, tu  morirá un
día. Si «naces de nuevo», el Espíritu Santo
estará siempre contigo. Recibes una nueva
vida, que dura para . Dios nos da vida
nueva por su Espíritu cuando  en Jesús.
Cuando entregamos nuestra vida a él, para

que quite nuestro , nacemos de nuevo.
Jesús murió en la cruz para perdonarnos y
darnos vida . Jesús le dijo a Nicodemo
que todo el que cree en él vivirá para siempre
con Dios.

Jesús dijo: «Porque tanto amó Dios

al , que dio a su ⬤ unigénito. Todo el que cree en él no morirá, sino tendrá ⬤ eterna. Dios envió a su Hijo para ⬤ al mundo por medio de él».

Busca y halla

¿Has pedido a Jesús que sea tu Salvador?

Milagros en el mar

Lucas 5:1-11; Mateo 8:23-27; 14:22-33; 17:24-27;

Juan 21:1-14

Jesús hizo asombrosos milagros en el lago de  y en sus orillas. Un día, Jesús le dijo a Pedro que llevara la hacia aguas más profundas. «Echa allí las para pescar».

En toda la noche Pedro no había pescado nada, pero obedeció a Jesús. ¡Recogió tantos peces que llenó las barcas! «Desde ahora serás pescador de ●●●●●», le dijo Jesús.

Otro día, cuando Jesús estaba en una barca, se levantó una fuerte ●●●●●. Los ayudantes de Jesús lo ●●●●● y le dijeron: «¡Señor, sálvanos, que nos vamos a ahogar!» Jesús ordenó a los vientos y a las olas que se ●●●●●. ¡Y todo quedó completamente ●●●●●! Sus ayudantes se ●●●●●.

Una madrugada, Jesús se acercó a sus ayudantes caminando sobre el ●. Ellos estaban en la ●. Entonces Jesús dejó que ● caminara sobre el agua.

Sin embargo, Pedro quitó la vista de Jesús. Tuvo ● y comenzó a ●. «¡Señor, sálvame!», gritó.

En seguida el Señor le tendió la mano. «Tienes poca ▨ —le dijo—. ¿Por qué dudaste?»

Otro día Pedro pidió a Jesús ▨ para pagar el impuesto. Jesús le dijo: «Vete al lago y echa el ▨. Ábrele la boca al primer pez que pique. Encontrarás la ▨ exacta que necesitas».

Busca y halla

**Cuando tengas miedo,
¿cómo te puede ayudar el recordar
que Jesús calmó la tormenta?**

El almuerzo de un muchacho alimenta a cinco mil

Juan 6:3-14

Jesús subió a una colina y se sentó. Vio una gran multitud que venía hacia él.

—¿Dónde podemos comprar 🟤 para esta gente? —le dijo a Felipe.

Preguntó esto para ponerlo a prueba. Jesús ya sabía lo que iba a hacer.

—El salario de ocho meses no sería suficiente para comprarle un 🟤 a cada uno —respondió Felipe. Andrés le dijo:

—Aquí hay un muchacho que tiene 🟤 panes de cebada. También tiene dos 🟤. Pero, ¿qué es eso para tanta 🟤?

—Hagan que se sienten todos en la hierba

—ordenó Jesús.

Había allí más de cinco mil personas.

Jesús tomó los panes y dio . Sus discípulos repartieron el a los que estaban sentados.

Jesús les dio todo lo que quisieron. Ellos hicieron lo mismo hizo con los █████.

Todos comieron hasta quedar satisfechos.

Entonces Jesús dijo a sus ayudantes:

—█████ los pedazos que sobraron. Que no se █████ nada.

¡Con los pedazos de los cinco panes y los dos pescados llenaron ████ canastas!

Busca y halla

**¿Qué te ha dado Dios que es más
de lo que necesitas?**

Tu fe te ha sanado

Mateo 11:4-5; 8:5-13,15; 12:22; Marcos 5:25-29;

Lucas 7:12-16; 8:49-55; Juan 11:43-44; Hechos 3:2-8

Muchos ⬭ pidieron a Jesús que les diera la
vista, y él lo hizo. Los ⬭ caminaban después de
su encuentro con Jesús. Él ayudó a los
sordomudos para que pudieran oír y ⬭.
Cuando tomó de la mano a una mujer enferma,
la ⬭ la dejó. Cuando otra mujer tocó su
⬭, sanó inmediatamente de su hemorragia.
Jesús curó las heridas de la ⬭ de muchas
personas. Cuando él sanaba a una persona
enferma, muchas veces decía: «¡Tu ⬭ te ha
sanado!»
Jesús hasta sanó a muchas personas cuando ya
no había ⬭. La ⬭ de Jairo, una niña de
doce años de edad, había muerto. Jesús la resucitó.

Jesús sintió compasión de una . Llevaban a enterrar afuera de la ⬭ el cuerpo muerto de su hijo. ¡Hizo que el hombre muerto volviera a vivir!

Cuando Lázaro, el amigo de Jesús, había estado muerto y enterrado por ⬭ días, Jesús dijo:

«¡Lázaro, sal fuera!» Todos se ▨▨▨▨▨▨ al ver a Lázaro salir vivo de la ▨▨▨▨.

A veces Jesús también sanaba de lejos. Sanó al siervo de un jefe del ejército ▨▨▨▨, aunque el siervo estaba en otra ciudad.

Jesús permitió a sus seguidores que sanaran en su ▨▨▨▨.

Busca y halla

Después de haber estado enfermo, ¿acostumbras agradecer a Dios por tu sanidad?
¿Conoces a alguien que necesita que ores por su sanidad?

El Padrenuestro

Mateo 6:9-15 (NVI)

Jesús nos enseñó esta oración:

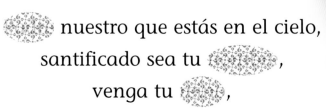 nuestro que estás en el cielo,
santificado sea tu ██████,
venga tu ██████,
hágase tu voluntad
en la tierra como en el ██████.
Danos hoy nuestro ██████ cotidiano.
██████ nuestras deudas,
como también nosotros hemos perdonado
a nuestros deudores.
Y no nos dejes caer en ██████,
sino líbranos del ██████.

Después Jesús recordó a todos: «▨▨▨▨ a otros sus ofensas. Si lo hacen, su ▨▨▨ celestial los ▨▨▨▨ a ustedes. Pero si no perdonan, su ▨▨▨ no les perdonará a ustedes sus ofensas».

 **B**usca y halla

¿Son tus oraciones como el Padrenuestro?
¿En qué se diferencian?

¿Qué dices al orar?
¿Por qué cosas agradeces a Dios?

Más que un maestro

Juan 6:48; 8:12; 10:3,4,9-14; 14:6

Jesús era más que un gran 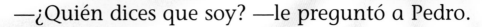.

—¿Quién dices que soy? —le preguntó a Pedro.

—Tú eres el ⬭. Tú eres el ⬭ del Dios

viviente —contestó Pedro.

Jesús le dijo a la gente que él era como cosas

que ellos conocían. «Yo soy el ⬭ de vida». El

pan nos da vida, y también ⬭.

«Yo soy la ⬭ del mundo. Los que me siguen

no andarán en ⬭», dijo el Señor. La luz

nos ayuda a no tropezar en la oscuridad. Jesús

nos ayuda a ver cómo debemos vivir para no

caer en pecado.

Jesús dijo también: «Yo soy la ⬭.

Cualquiera que entre por esta puerta será ⬤». Él dijo: «Nadie llega al ⬤ sino por mí». Jesús es el único camino para llegar a Dios.

«Yo soy el buen ⬤ —dijo Jesús—. Yo conozco a mis ovejas, y mis ovejas me ⬤». Seguimos a Jesús de la manera en que las ovejas siguen a un pastor. Jesús no quiere que solo aprendamos *acerca de* él. Quiere que lo ⬤ y que lo ⬤.

Busca y halla

¿Es Jesús para ti como el personaje de un cuento, o lo conoces como a alguien de tu familia?

Lo más importante

Mateo 19:19; 22:37-40;

Lucas 6:31-35; Juan 15:12

Jesús dijo: «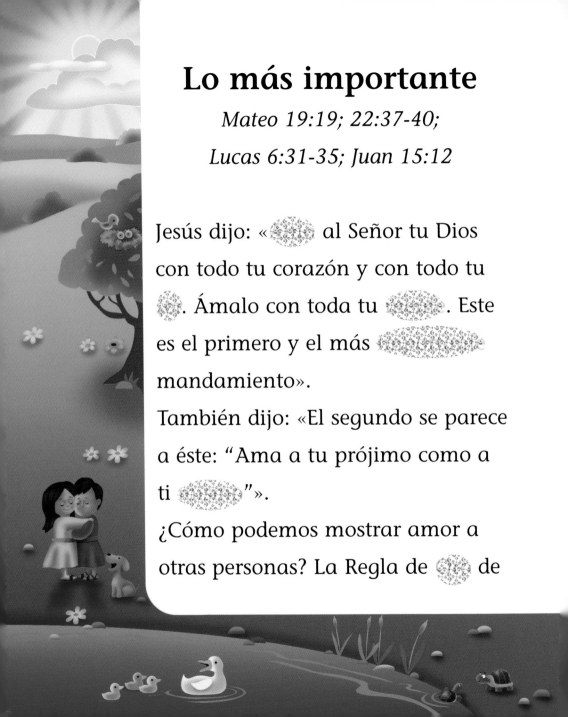 al Señor tu Dios con todo tu corazón y con todo tu 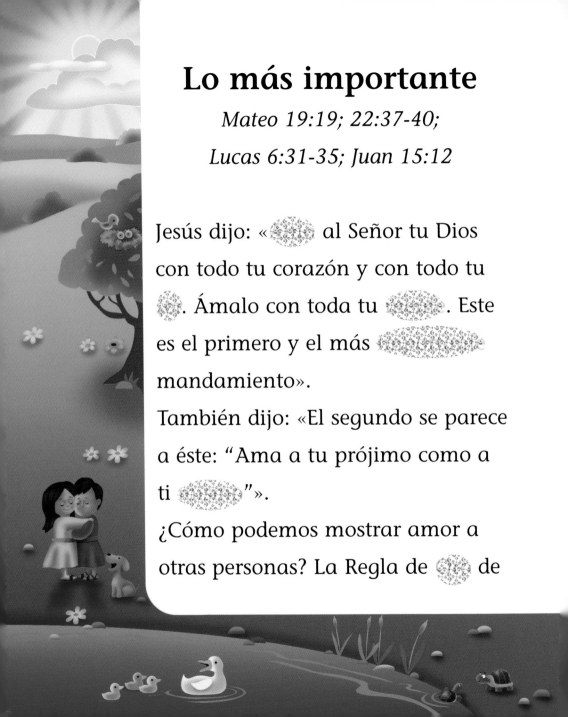. Ámalo con toda tu 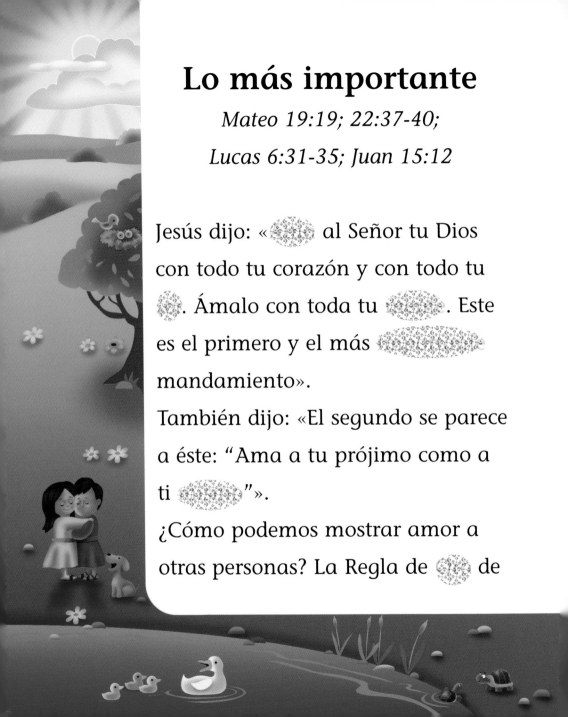. Este es el primero y el más 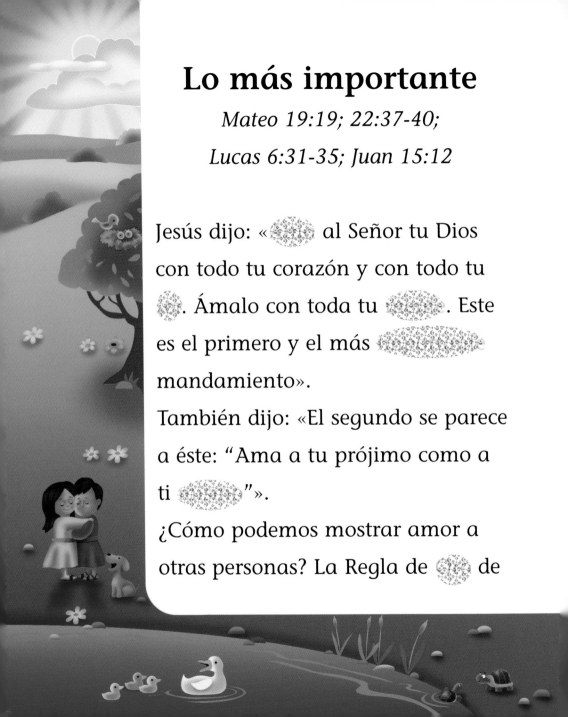 mandamiento».

También dijo: «El segundo se parece a éste: "Ama a tu prójimo como a ti 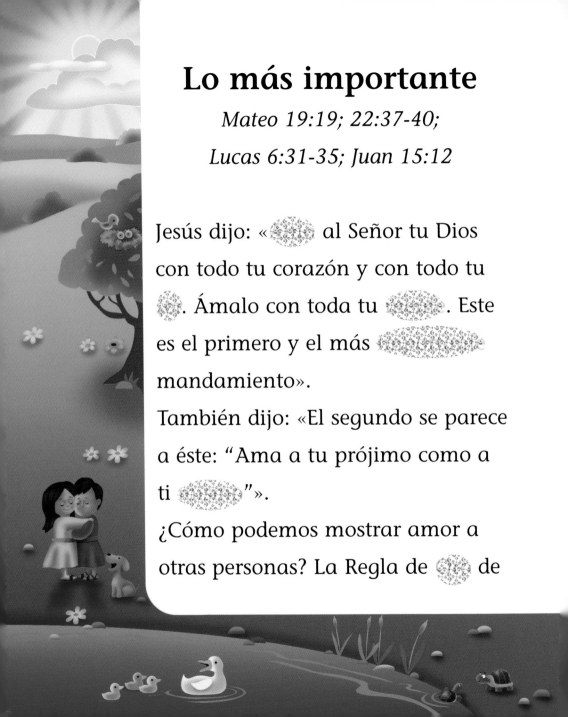"».

¿Cómo podemos mostrar amor a otras personas? La Regla de 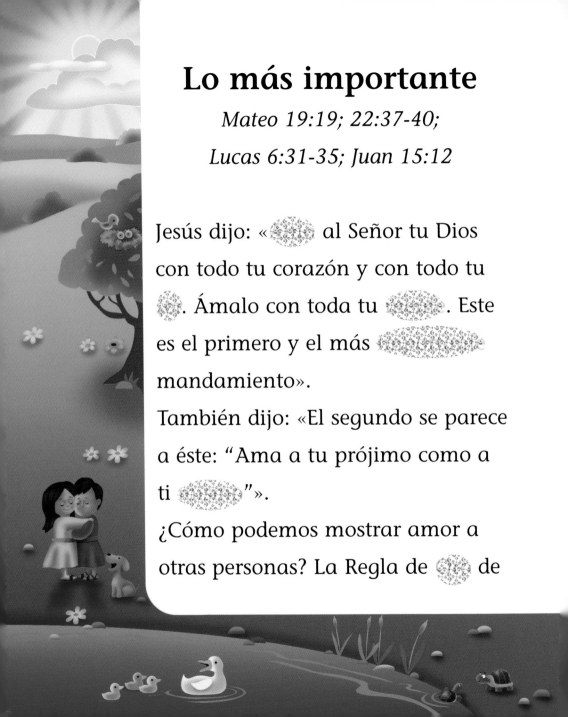 de

Jesús es: «Trata a los demás como quieres que ellos te ⬚». Jesús dijo que nos amemos unos a otros como él nos ha amado.

También quiere que amemos a nuestros ⬚. «¿Supongan que aman a quienes los aman. ¿Debe alguien ⬚ por eso? Aun los "pecadores" aman a quienes los aman. Supongamos que hagan bien a quienes les hacen ⬚. ¿Debe alguien felicitarlos por eso?» Jesús dijo que las personas se darían cuenta de que somos sus ⬚ si nos amamos unos a otros.

Busca y halla

**A veces las personas no se dan
cuenta de que las amamos.
¿Cómo puedes mostrar a alguien que le amas?**

El buen prójimo

Lucas 10:25-37

Un hombre habló con Jesús acerca del mandamiento de amar al prójimo.

—¿Quién es mi ▨▨▨? —preguntó.

Jesús le respondió refiriendo una historia.

Un hombre bajaba de ▨▨▨ a Jericó. Unos ladrones lo asaltaron. Le quitaron la ▨▨ y lo golpearon. Se fueron, dejándolo medio muerto.

Un sacerdote viajaba por el mismo camino. Al ver al hombre, se ▨▨▨ y siguió de largo.

¡Otro sacerdote hizo lo mismo!

Pero pasó por allí un hombre de ▨▨▨.

Cuando el samaritano vio al hombre, tuvo

_____ de él. Le curó las heridas, y se las _____. Luego lo montó en su propio _____. Lo llevó a un _____ y lo cuidó.

Al día siguiente, el samaritano dio dos

monedas de  al dueño del alojamiento.

«Cuídemelo —le dijo—. Cuando yo vuelva le

lo que usted de más».

—¿Cuál de estos tres fue el ░░░░░ del hombre atacado por ladrones? —preguntó Jesús.

—El que tuvo ░░░░░ de él —contestó el hombre que hablaba con él.

—Anda y haz tú lo mismo —le dijo Jesús.

 **B**usca y halla

**Los judíos no hablaban con los samaritanos,
pero Jesús dijo que los amaran.
¿Hay personas a quienes tratas de evadir
aunque no debieras hacerlo?**

El reino de Dios

Mateo 13:24-33, 44-50; Marcos 4:26-29

Jesús contó historias llamadas ▨▨▨▨▨▨.
Muchas eran acerca del ▨▨▨ de Dios. Él dijo
que el reino de Dios es como una ▨▨▨ que el
pescador echa al lago. La red recoge peces
buenos y malos. El pescador se queda con los
peces buenos y bota los malos. Como los peces
en la red, en el mundo hay ▨▨▨▨▨ buenas y
malas, pero un día los ▨▨▨▨▨ las separarán.
Jesús dijo que el reino de Dios es como un
grano de ▨▨▨▨▨. Es un grano muy pequeño
pero se convierte en un árbol grande. La
iglesia de Jesucristo comenzó con poca gente,
pero ahora hay ▨▨▨▨▨ de cristianos.
Jesús dijo que su reino es como la levadura. La

levadura es lo que se esparce rápidamente en el  para fermentar la masa. El reino de Dios se ha esparcido como levadura por todo el .

Jesús dijo que el reino de los cielos es como un ⬭ que un hombre descubrió en un campo. El hombre vendió todo lo que tenía para comprar ese ⬭. Jesús dijo que también es como una ⬭ de gran valor. Un comerciante vendió todo lo que tenía para comprar esa perla. La persona que comprende el valor del ⬭ de Dios dará cualquier cosa por tenerlo.

Busca y halla

¿Perteneces al reino de Dios?

¿Es Jesús el rey de tu vida?

Jesús te ama

Mateo 19:13-15; Marcos 10:13-16; Lucas 18:15-17; Juan 3:16; Gálatas 4:5; 1 Juan 3:1

Algunas personas le llevaron a Jesús ⬭ pequeños. Querían que él pusiera las ⬭ sobre los niños y ⬭ por ellos. Pero sus ayudantes dijeron que no los trajeran. Jesús no estaba tan ocupado como para ⬭ poder atender a los niños. Para él eran muy importantes. Él dijo: «Dejen que los niños ⬭ a mí, y no se lo impidan. El reino de los ⬭ es de quienes son como ellos. El que no reciba el reino de Dios como un niño, nunca ⬭ en él». Entonces tomó a los niños en sus ⬭. Puso las manos sobre ellos y los ⬭.

Jesús ama a los niños, incluso a ✿. Tú eres su amigo o su amiga. Él dijo: «Nadie tiene ✿ más grande que el que da su ✿ por sus amigos». Te amó tanto que entregó su vida por ti para que tus pecados fueran perdonados. Dios el Padre también te amó tanto que dio a su ⬤ unigénito para que puedas vivir con él para siempre. Hasta te ⬤ en su familia el día que ⬤ de todo corazón en Jesús. En 1 Juan 3:1 dice: «¡Fíjense qué gran amor nos ha dado el Padre, que se nos llame ⬤ de Dios!»

Busca y halla

¿Sientes en tu corazón que Dios te ama?

La hermana disgustada

Lucas 10:38-42

Dos ▓▓▓▓▓▓, llamadas María y Marta, eran amigas de Jesús. Un día Marta recibió en su casa a Jesús y a sus ayudantes.

María se sentó a los ⬭ de Jesús, y ⬭ lo que él decía. Pero Marta pensaba en cómo preparar la comida y poner todo en ⬭ para los huéspedes. Estaba tan preocupada por la cocina y la ⬭ que perdió la oportunidad de escuchar lo que ⬭ el Hijo de Dios. Marta fue a donde estaba Jesús y le dijo:

—Señor, ¿no te  que mi hermana me haya dejado sola con todo el trabajo? ¡Dile que me !

—Marta, Marta —le contestó Jesús—, ¿qué es lo que te impide pasar  conmigo en oración y estudo bíblico?

Es fácil preocuparse demasiado por los deberes diarios y olvidar lo más importante. Pasar tiempo con ▨▨▨ es más ▨▨▨▨▨▨ que cualquier otra cosa. Él puede ayudarnos a no ▨▨▨▨▨▨ y disgustarnos.

 usca y halla

¿Qué cosas a veces te impiden pasar tiempo con Jesús en oración y lectura de la Biblia?

¿Cómo te ayuda la oración cuando estás preocupado o disgustado?

El pastor y las ovejas

Lucas 15:4-10; Juan 10:11,14,27

Jesús dijo que él es el Buen ⬭, y llamó
«⬭» a los creyentes. Un pastor arriesga su
vida para proteger a las ovejas de los lobos.
Más tarde, Jesús daría su vida por salvarnos.
«Yo ⬭ a mis ovejas —dijo Jesús—, y ellas
me conocen». También afirmó: «Mis ovejas
oyen mi ⬭ y me ⬭».
Pero aunque sus ovejas se ⬭, Jesús las
sigue amando. Él quiere que regresen y las
busca. Jesús dijo: «Supongamos que uno de
ustedes tiene ⬭ ovejas y pierde una de ellas.

¿No deja las noventa y nueve en el campo?

¿No va en busca de la oveja  hasta encontrarla?

»Cuando la encuentra, lleno de alegría la carga en los hombros y vuelve a la ⬭. Entonces reúne a sus amigos y vecinos, y les dice: "⬭ conmigo. Ya encontré la oveja que se me había perdido"».

Jesús continuó diciendo: «Les digo que así es también en el ⬭. Habrá gran alegría cuando un ⬭ se arrepienta. Sí, habrá más alegría que por ⬭ ⬭ justos que no necesitan arrepentirse».

Busca y halla

¿Cuáles son algunas tentaciones que hacen que las personas se alejen de Jesús?

De regreso a casa

Lucas 15:11-32

Jesús contó una historia acerca de un hombre que tenía ⬤ hijos. El menor de ellos pidió su ⬤ de la herencia. Luego se fue a un país lejano y ⬤ su herencia llevando una mala vida.

Cuando había gastado todo, consiguió un trabajo cuidando ⬤. ¡Tenía tanta ⬤ que quería comer la ⬤ de los cerdos! Pero en lugar de eso decidió regresar a su casa. Él pensaba: «No soy digno de ser el ⬤ de mi padre, pero puedo ser uno de sus ⬤». Cuando el hijo todavía estaba lejos, su padre lo vio. Sintió ⬤ de él y fue ⬤ a

su encuentro. Lo abrazó y lo .

El hijo le dijo: «Papá, he  contra el cielo y contra ». El padre le dio buena ropa, un anillo y sandalias. ¡Y mandó a celebrar con un banquete!

El _____ mayor dijo que eso no era justo. Su padre le dijo: «Hijo mío, tú siempre estás conmigo. Todo lo que tengo es _____. Pero teníamos que hacer fiesta y _____. Tu hermano se había _____, pero ya lo hemos encontrado».

 **B**usca y halla

¿De qué manera es el pecado lo mismo que estar perdido?

¿Cómo se siente Dios cuando te arrepientes?

No se preocupen

Mateo 6:25-34

Jesús dijo: «No se preocupen por su , y lo que van a  o beber. No se preocupen por su cuerpo y lo que van a . ¿No tiene la

vida más valor que la comida? ¿No hay cosas
más importantes que la ?

»Fíjense en las . No siembran ni cosechan;

pero el Padre celestial las . ¿No  ustedes mucho más que ellas?

»¿Por qué se  por la ropa? Miren cómo crecen los  del campo. No  ni cosen ropa. Pero ni siquiera el rey , con todo su esplendor, se vestía así. ¿No les vestirá Dios mucho mejor?

»Busquen  el reino de Dios». Si ponen a Dios primero y tratan de seguirlo, él se encargará de lo demás.

No tenemos que angustiarnos por el mañana.
Jesús dijo: «El ▓▓▓▓▓▓ tendrá sus propios
afanes. Cada día tiene suficientes ▓▓▓▓▓▓▓».

Busca y halla

**En 1 Pedro 5:7 dice: «Depositen en él toda
ansiedad, porque él cuida de ustedes».
¿Qué ansiedades o preocupaciones necesitas
poner en las manos de Dios?**

La última cena de Jesús

Mateo 26:26-30; Juan 13:1-3; 14:18-19,27; 16:22

Jesús sabía que se acercaba la hora de su
⬭, de modo que se reunió con sus
discípulos para comer su última ⬭. Primero
les lavó los ⬭ para mostrarles que es
importante ser humilde y servir a los demás.
«Les he puesto el ⬭, para que hagan lo
mismo que yo he hecho con ustedes», dijo
Jesús.

Entonces Jesús tomó ⬭ y lo bendijo. Lo
partió y dio a sus discípulos, diciéndoles:
«Tomen y coman; esto es mi ⬭».

Después tomó la ⬭ y dio gracias. Les dijo:
«Beban de ella. Esto es mi ⬭.

Es derramada para el perdón de pecados».
Jesús consoló a sus discípulos,
diciendo: «No los dejaré
. Vendré a ustedes.
Porque yo , ustedes
vivirán también».
Él les comentó:

«La paz les dejo; mi  les doy. No se la doy como la da el mundo. No se ni tengan ».

Después cantaron y por lo que estaba por suceder.

Busca y halla

¿Qué quiere Jesús que los creyentes recordemos al participar de la Santa Cena, cuando comemos el pan y tomamos la copa?

Por qué murió Jesús

Mateo 26:47-54; 27:45-54

Los líderes malvados estaban tan celosos de Jesús que querían ⬚⬚⬚. Judas, un discípulo de Jesús, los llevó al Jardín de Getsemaní. Les mostró cuál de los hombres era Jesús al darle un ⬚ en la mejilla. Entonces los hombres malos apresaron a Jesús para llevárselo. Pedro quiso defenderlo. Le cortó la ⬚ a uno de los hombres; pero Jesús lo sanó. Jesús dijo que si quería, él podía llamar a miles de ⬚⬚ para que lo ayudaran. Pero no lo hizo porque estaba dispuesto a morir por nuestros pecados, como dice la ⬚. De modo que Jesús dejó que los hombres se lo llevaran preso.

Aunque Jesús nunca hizo nada 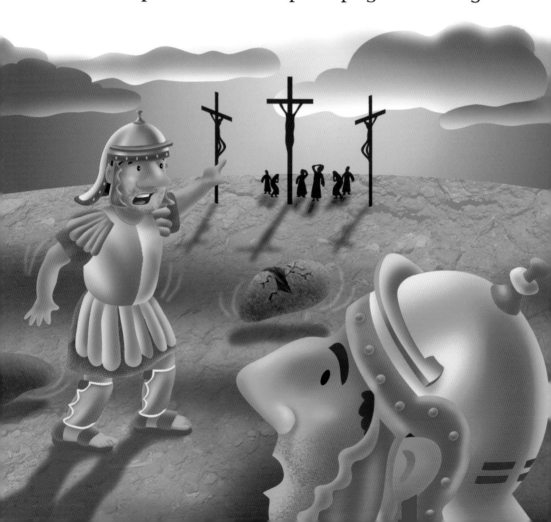, había gente que lo acusaba y decía que debía morir. Los soldados lo clavaron en una . Jesús estuvo dispuesto a morir para pagar el castigo por nuestros . Era la única manera de que nosotros pudiéramos estar con él en el ____.

Cuando Jesús murió en la cruz, en pleno día hubo ____ por tres horas. Al morir, se rompió la ____ del templo que separaba a los hombres de Dios. La tierra ____, y las rocas se partieron. Los soldados dijeron: «¡Este verdaderamente era el ____ de Dios!»

Busca y halla

¿Por qué Jesús decidió morir en la cruz por ti?

¡Jesús vive!

Mateo 28:1-20; Lucas 24:15,42;

Juan 20:10-20,26-29; 21:1-14; Hechos 1:9-11;

1 Corintios 15:3-6

El cuerpo de Jesús estuvo ⬤ días en la tumba.

El ⬤ al amanecer, María Magdalena y

María, la madre de Jesús, fueron al sepulcro.

Hubo un violento ⬤. Un ángel quitó la

⬤ con que estaba sellada la tumba. El

ángel le dijo a las mujeres: «Yo sé que ustedes

buscan a Jesús, el que fue ⬤. ¡No está

aquí! Él ha ⬤, tal como dijo». Cuando

las mujeres corrieron a dar aviso a los

discípulos, Jesús les salió al encuentro, y ellas

lo ⬤.

Otras personas también vieron a
Jesús. Caminó junto con dos
hombres que iban a .
Se apareció a sus
discípulos en una
habitación con las
puertas

. Les dejó que tocaran las heridas de los en las manos y en los pies. Dijo a Tomás: «Porque me has visto, has . Dichosos los que no me han y sin embargo creen».

Otro día, Jesús preparó desayuno en la para sus discípulos. Una vez se apareció a quinientas personas a la vez.

Jesús regresó al cielo subiendo sobre una . Los ángeles dijeron que volverá un día de la misma manera.

Busca y halla

¿Qué parte de la celebración de la Pascua te recuerda que Jesús resucitó?

Dios envía su poder

Hechos 2:1-41; Gálatas 5:22-23

Jesús prometió enviar al ⬭ Santo.
Cuando los creyentes estaban reunidos, vino
del cielo un ruido como de un viento fuerte.
Este llenó toda la ⬭.
Aparecieron pequeñas ⬭ de fuego sobre
cada creyente. Y todos fueron llenos del
Espíritu Santo. Comenzaron a ⬭ en
idiomas que no habían aprendido.
Había judíos de todos los países del mundo
que estaban de visita en Jerusalén. Ellos oyeron
el ruido. ¡Se maravillaron porque cada uno oía
a los creyentes ⬭ en su propio idioma!

Pedro dijo a la multitud: « el que invoca el nombre del Señor será ». Les dijo también: «Ustedes  a Jesús en la cruz. Pero Dios lo resucitó, y lo ha hecho Señor y Mesías».

La gente comprendió que era ▒▒▒▒ y preguntaron qué debían hacer. «Arrepiéntanse de sus pecados y ▒▒▒▒ en el nombre de Jesucristo. Entonces tendrán ▒▒▒▒ de sus pecados —dijo Pedro—. Y recibirán el ▒▒▒ del Espíritu Santo». Ese día, como ▒▒▒▒ personas creyeron y fueron bautizadas.

Busca y halla

¿Qué dijo Pedro que la gente debía hacer para ser salva?

¿Tú lo has hecho?

Aventuras de Pablo

Hechos 27:42—28:5; Romanos 5:8; 8:38-39;

2 Corintios 1:9; 6:5; 11:33; Gálatas 6:9

Saulo fue malo con los discípulos del Señor y trataba de mandarlos en la ⬭. Un día Jesús se le apareció en una ⬭. Entonces Saulo creyó en Jesús. Fue un hombre ⬭ después de eso. Hasta su nombre cambió, a ⬭. Pablo visitó muchos países y enseñó acerca de Jesús. Algunas veces lo ponían en la ⬭ por hablar del Señor. Él escribió ⬭ desde la cárcel, que llegaron a ser ⬭ de la Biblia. El Espíritu Santo le dio grandes verdades para escribir: «Estoy convencido de que ni la muerte ni la vida podrán ⬭ del ⬭ de Dios». Pablo escribió: «Cuando éramos

pecadores, 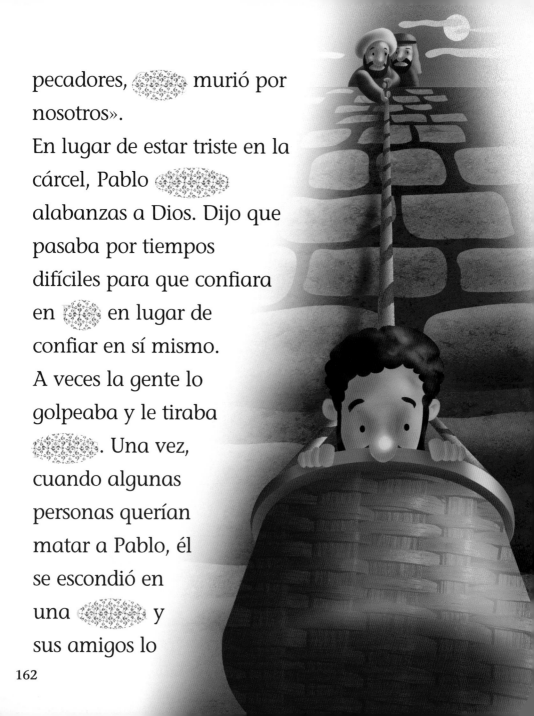 murió por nosotros».

En lugar de estar triste en la cárcel, Pablo ⬭ alabanzas a Dios. Dijo que pasaba por tiempos difíciles para que confiara en ⬭ en lugar de confiar en sí mismo. A veces la gente lo golpeaba y le tiraba ⬭. Una vez, cuando algunas personas querían matar a Pablo, él se escondió en una ⬭ y sus amigos lo

162

bajaron por el muro de la ciudad. Otro día, cuando nadó a la playa después de un naufragio, ¡lo mordió una !
Aunque tuvo muchas dificultades, Pablo siguió sirviendo a Dios, porque amaba a y a la gente. «No nos cansemos de hacer lo », dijo Pablo.

Busca y halla

¿Cuál es el mayor cambio que has visto en alguien que ha comenzado a creer en Jesús?

El camino romano

Romanos 3:23; 6:23; 5:8; 10:9 (NVI)

Los romanos se hicieron famosos por los muchos ⬤ que construyeron. En el libro de la Biblia llamado Romanos, hay ⬤ versículos que explican que ⬤ es el camino al cielo. A veces se hace referencia a esos versículos como el «camino romano». Dicen así:

1 *«Pues todos han ⬤ y están privados de la ⬤ de Dios».* Eso significa que todos han hecho lo malo ante Dios y que nadie es tan bueno que merece ir al cielo.

2 *«Porque la paga del pecado es ⬤, mientras que la ⬤ de Dios es ⬤ eterna en Cristo Jesús, nuestro Señor».* El pecado merece la muerte, pero en lugar de eso, Dios ofrece un regalo: podemos tener vida ⬤ porque Jesús murió por nuestros pecados.

 usca y halla

¿De qué maneras te usa Jesús para ayudar a las personas?

Amar como Dios ama

Juan 13:35; 1 Corintios 13:1-13; 1 Juan 4:16

De todas las habilidades que Dios pudo darnos, la más importante es el ⬭. La Biblia dice que aunque tuviéramos suficiente fe para mover ⬭, si no tenemos amor, de nada vale. Y si servimos a Dios repartiendo entre los ⬭ todo lo que tenemos, de nada sirve sin ⬭.

Las personas quieren expresar distintas cosas al decir «te amo» o «te quiero». La ⬭ refiere lo que es el verdadero amor. Es cuando tratamos a las personas como lo hace ⬭. Dios es amor. Si nos amamos unos a otros como amó Jesús, todos sabrán que somos sus ⬭.

Si amamos de verdad, somos ▓▓▓▓▓ y bondadosos. No envidiamos las cosas de otros. No nos ▓▓▓▓▓ ni somos orgullosos. Si amamos a los demás de todo corazón, no nos comportamos con ▓▓▓▓▓. No nos ▓▓▓▓▓

172

fácilmente, ni guardamos rencor por algo ▓▓▓ que nos han hecho.

Si de veras tenemos amor, ▓▓▓▓▓▓ a las personas a quienes amamos. No nos cansaremos de tratarlas bien. Haremos en todo momento lo que es mejor para los demás. Siempre confiaremos y tendremos ▓▓▓▓▓.

La ▓▓, la esperanza y el amor son las cosas más importantes. Pero lo más grande es el ▓▓▓.

 **B**usca y halla

Piensa en alguien a quien quieres.

¿Tratas a esa persona con amor?

El fruto del Espíritu

Gálatas 5:16-26

El Espíritu Santo da  a los creyentes para decir «no» al . Aunque no tenemos que pecar, sin embargo, a veces lo hacemos. Esto ocurre porque tenemos algo que se llama «naturaleza pecaminosa». Esa naturaleza  contra el Espíritu Santo. De modo que a veces, aunque no queremos, hacemos cosas .

Si dejamos que el Espíritu Santo nos ayude a ser como Jesús, él produce en nosotros buenas cualidades, llamadas «░░░░░ del Espíritu». El fruto es amor, alegría, paz, paciencia, ░░░░░░░░, bondad, ░░░░░░░, humildad y ░░░░░░░.

 **B**usca y halla

¿Cuál fruto del Espíritu deseas más? ¿Por qué?

La armadura de Dios

Santiago 4:7; 1 Corintios 10:13; Efesios 6:10-17

Como no podemos ver al ⬭, algunas
personas no se dan cuenta de que está ahí.
Pero el diablo existe, y quiere hacernos daño.
La Biblia promete que si le decimos que ⬭, él
huirá de nosotros. Dios no dejará que el diablo
nos ⬭ más de lo que podemos soportar.
Dios siempre nos dará una manera de ⬭.
Permite que el Señor te haga ⬭. Confía en
su gran poder. Si te pones la ⬭ de
Dios, puedes estar firme contra los planes
malvados del diablo. Nuestra ⬭ no es
contra seres humanos. Es contra las fuerzas de
maldad en el mundo invisible.
De modo que ponte toda la ⬭ de Dios.
Así podrás resistir cualquier cosa. Ponte el

de la verdad. Protege el pecho con la coraza de la ▓▓▓▓. Ponte zapatos para estar ▓▓▓▓ a proclamar el evangelio de la paz. Toma el escudo de la ▓. Puedes usarlo para apagar las ▓▓▓▓ que vienen del diablo como ▓▓▓▓ encendidas.

Ponte el ▓▓▓▓ de la salvación. Toma la ▓▓▓▓ del Espíritu Santo. La espada es la Palabra de Dios.

**B**usca y halla

¿Cuáles son las tentaciones que enfrentas semejantes a flechas encendidas?

Jesús va a volver

Mateo 24:31-51; 25:14-46; 2 Pedro 3:4-19

Jesús prometió ⬭, y dijo que debemos estar preparados. Él no ha regresado todavía porque es ⬭. Está dando oportunidad a la gente a que se arrepienta de su ⬭.

La Biblia dice: «Esfuércense para que Dios los halle sin ⬭ y sin ⬭», y «estén en ⬭ con Dios». También dice que debemos «crecer en la ⬭ y el conocimiento de Jesús».

Jesús dijo que cuando él venga va a dividir a las personas en dos grupos. El grupo que recibirá en el ⬭ son las personas que han ayudado a los demás cuando estaban ⬭, cuando tenían hambre o sed,

cuando estaban en la cárcel, o cuando necesitaban albergue. Él dijo: «Todo lo que hicieron por el más pequeño de mis hermanos, lo hicieron por [ ]».

Jesús dijo que debemos ser como el siervo que siguió trabajando cuando su [ ] se fue de viaje. Cuando el amo volvió, dijo: «Has hecho muy bien, buen y [ ] siervo».

Jesús dijo que volverá cuando menos lo [ ]. Vendrá en las [ ] con gran poder y gloria.

Busca y halla

¿Qué dirás al Señor Jesús

cuando lo veas?

Tu hogar en el cielo

Juan 14:2-6; Hechos 2:34; 5:31;

Apocalipsis 3:21; 4:3-11; 5:8-14; 21:4,12-27

Cuando Jesús se iba a ir de la tierra, dijo: «En el ⬭ de mi Padre hay muchas ⬭. Voy a prepararles un lugar. Vendré otra vez para llevármelos conmigo».

Dijo también: «Yo soy el ⬭, la verdad y la ⬭. Nadie llega al ⬭ sino por mí». Jesús y Dios el Padre viven en un lugar muy ⬭. La gloria de ellos es la ⬭ de la ciudad. El Padre está sentado en un ⬭, rodeado de un ⬭ que parece una esmeralda. Jesús está a su mano ⬭. Miles de ⬭ y gran multitud de gente lo adoran. Hay música, cantos y alegría. Todos tienen

mucho amor. Nadie siente  y no hay muerte. Ya nadie llora.

Delante del trono de Dios hay algo que parece como un río , claro como cristal.

La ciudad y la calle principal son de  puro.

La ciudad tiene una muralla con doce  abiertas. Cada puerta está hecha de una .

Los doce cimientos están decorados con piedras preciosas.

Solo los que están escritos en la Libro de la  del Cordero pueden entrar.

Busca y halla

¿Has pedido a Jesucristo que sea tu Salvador? Si así es, ¿qué es lo que más te emociona acerca del cielo?

A

adorar: Dar alabanza, honra y gloria a Dios.

alabanza: Dar gloria u honra a alguien. Decir cosas buenas acerca de alguien o de algo.

aleluya: Una palabra hebrea que significa «alabado sea el Señor».

alma: El verdadero «yo» de una persona; la parte que no muere.

altar: Una mesa o un lugar elevado en el que se ofrecía a Dios una ofrenda o sacrificio.

amén: Palabra que significa «es cierto» o «así sea».

ángel: Un ser celestial ayudante de Dios. Un espíritu que dice a las personas las palabras de Dios. Ver también querubín.

animales limpios: Animales que Dios dijo eran aceptables para comer o para ofrecer en sacrificio.

apóstol: Uno de los doce hombres que pasaron tres años con Jesús. Ellos también enseñaron a otros acerca de Jesús. Ver también discípulo.

arca del pacto: Un cajón grande de oro que contenía las tablas de los Diez Mandamientos. El arca era el trono de Dios en la tierra.

armadura: Una protección exterior, como una ropa hecha de metal. Los soldados se ponían la armadura como protección en la guerra.

ayuno: Dejar de comer o tomar líquidos por algún motivo especial.

B

Babel: Una ciudad donde la gente trató de construir una torre que llegara al cielo.

Babilonia: 1. La ciudad capital del imperio babilónico. 2. Cualquier ciudad poderosa y pecadora.

bautizar: Rociar o cubrir a una persona con agua. Es una señal de que la persona pertenece a Jesús.

bendito: 1. Lleno de gozo. 2. Alguien que recibe ayuda de Dios.

bueyes: Ganado que tiene mucha fuerza. Los bueyes se usaban para tirar de las carretas o de los arados.

C

campo: Un lugar donde hay pasto para que coman las vacas y las ovejas.

celos: 1. Lo que Dios siente cuando la gente adora otras cosas. 2. Lo que sentimos cuando alguien tiene algo que deseamos tener.

cielo: 1. El hogar de Dios. 2. El firmamento. 3. El lugar adonde van los cristianos al morir.

columna: Un poste que se coloca verticalmente como soporte de un edificio.

columna de fuego: Un pilar de fuego que Dios usó para guiar al pueblo de Israel. Cuando estaban en el desierto podían verla toda la noche.

columna de nube: Una nube que Dios usó para guiar al pueblo de Israel. Cuando estaban en el desierto podían verla todo el día.

convenio: Un trato o acuerdo entre dos personas, grupos o países.

cosechar: Recoger los frutos cuando están maduros.

creer: Aceptar como verdad. Confiar. Ver también fe.

Cristo: Palabra griega que significa «el Ungido». Es uno de los nombres dados a Jesús. Significa lo mismo que la palabra hebrea Mesías. Ver también Jesús.

crucificar: Matar a alguien clavándolo en una cruz.

cruz: Poste de madera con una barra cerca de la parte superior que se extiende a derecha e izquierda. Una cruz se asemeja a la letra «T». Los romanos mataban a la gente clavándola en una cruz.

D

dedicar: Apartar para un propósito especial, muchas veces para el servicio a Dios.

demonio: Un espíritu maligno.

diestra: Un lugar de honra y poder. Jesús está a la diestra de Dios.

Dios: El Creador y Gobernador del mundo y de todas las personas.

discípulo: Una persona que sigue a un maestro. Esta persona hace lo que le dice su maestro. Ver también apóstol. Ver también Doce, los.

Doce, los: Los hombres que Jesús escogió para que fueran sus seguidores especiales. Ver también discípulos.

dudar: Falta de fe o confianza en algo o alguien. No estar muy seguro.

E

Edén: El lugar donde Dios puso un jardín para Adán y Eva.

Emanuel: Nombre de Jesús que significa «Dios con nosotros».

Escrituras: La palabra escrita de Dios. También la llamamos Biblia.

espíritu maligno: Un demonio. Uno de los ayudantes del diablo.

Espíritu Santo: El Espíritu de Dios que da vida. Ayuda a las personas a hacer la obra de Dios. Ayuda a la gente a creer en Jesús, a amarlo y a ser como él.

espiritual: Tiene que ver con las cosas de Dios o de la Biblia.

eterno: Para siempre. No tiene principio ni fin.

evangelista: Una persona que dice a otros las buenas nuevas de Jesucristo.

F

faraón: Título del rey de Egipto en los tiempos de la Biblia.

fe: Confianza en Dios. Saber que Dios es real, aunque no lo podemos ver. Ver también creer.

fiel: Alguien en quien se puede confiar.

filisteos: Poderosos enemigos de Israel, especialmente en el tiempo de Saúl y David.

funcionario: Hombre que trabajaba al servicio del rey.

G

gloria: 1. La grandeza de Dios. 2. Alabanza y honra.

gracia: La bondad y el perdón que Dios da a las personas. Es un regalo. No se puede ganar.

H

hambre: Un tiempo cuando no hay alimentos suficientes para la gente.

hebreo: 1. Otro nombre para un israelita. 2. Idioma que hablan los israelitas. El Antiguo Testamento fue escrito en este idioma.

Herodes: Nombre de cinco gobernantes de una misma familia. Gobernaron en Israel en la época del Nuevo Testamento.

higos: Fruta dulce que crece en los árboles en tierras calurosas como Israel.

Hijo del Hombre: Nombre que Jesús usaba para referirse a sí mismo. Indica que él es el Mesías. Ver también Mesías.

himno: Un canto de alabanza a Dios.

honrar: Mostrar respeto especial a una persona. Dar un premio.

hosanna: Una palabra hebrea usada para alabar a Dios.

I

impuro: Algo que Dios no acepta. No agrada a Dios.

infierno: Un lugar de castigo para la gente que no cree en Jesús. Van allí al morir.

Israel: 1. Nuevo nombre que Dios dio a Jacob, el nieto de Abraham. 2. La nación que se formó con los descendientes de Jacob. 3. Las tribus del norte que se separaron de Judá para servir a su propio rey.

israelitas: Personas de la nación de Israel. El pueblo escogido de Dios.

J

Jesús: Forma griega del nombre hebreo Josué. Ver también Cristo. Ver también Emanuel. Ver también Salvador.

judíos: Otro nombre para el pueblo de Israel. Este nombre se usó después del 600 a.C.

juez: Persona que decide si algo es justo o injusto en asuntos legales.

juzgar: Decidir si algo es justo o injusto.

L

langostas: Un insecto similar a los saltamontes. Una invasión de langostas a veces destruye toda una cosecha.

levadura: Algo que se agrega a la masa del pan para que fermente.

Ley, la: Los primeros cinco libros de la Biblia.

ley: Reglas acerca de lo justo e injusto que Dios dio al pueblo de Israel. Ver también Ley, la.

limpio: 1. Algo que Dios acepta. 2. Algo que no tiene pecado.

M

maldad: Algo malo. Hacer cosas que no agradan a Dios.

maná: Comida especial enviada del cielo. Tenía sabor a galletas o tortas con miel. Dios dio el maná a los israelitas en el desierto, después que salieron de Egipto.

mandamiento: Una ley o reglamento que Dios da. Ver también ley.

Mesías: Una palabra hebrea que significa «el Ungido». En griego la palabra es Cristo. Ver también Jesús.

milagro: Una cosa asombrosa que solo Dios puede hacer. Esto incluye calmar una tempestad o resucitar a un muerto.

mirra: Una especia de dulce fragancia. Eran plantas de las que se hacía perfume, incienso y medicinas.

misericordia: Más bondad y perdón de lo que merecemos.

N

nazareno: Una persona de la ciudad de Nazaret. Jesús fue llamado nazareno.

O

obedecer: Hacer lo que se nos ordena. Cumplir los mandamientos de Dios.

ofrenda: Lo que una persona da a Dios. Era y es parte de la adoración. Ver también sacrificio.

P

pacto: 1. Una promesa hecha ante Dios. 2. Un convenio o una promesa entre dos personas o grupos. En la Biblia significa una promesa hecha entre Dios y el pueblo. 3. Promesa de Dios para salvación.

paraíso: Un lugar perfecto. Otro nombre dado al cielo.

Pascua: Fiesta que se celebraba cada año. Recordaba a los judíos la noche cuando Dios dio muerte a los hijos mayores de los egipcios pero «pasó» sobre la casa de ellos. Como pusieron sangre en los dinteles de las puertas, no murieron.

pastor: Una persona que cuida las ovejas o las cabras.

pecado: Desobediencia o desagrado a Dios.

pesebre: Un cajón para la comida de los animales.

plaga: 1. Enfermedad que mata a muchas personas. 2. Cualquier cosa que causa mucho sufrimiento y gran pérdida.

profeta: Una persona que recibe mensajes de Dios y los dice a los demás.

prójimo: 1. La persona más cercana. 2. Toda persona es nuestro prójimo.

proverbio: Un dicho sabio.

Q

querubín: Seres celestiales como los ángeles, con grandes alas. Eran y son señal de que Dios está sentado en su trono. 2. Espíritus que sirven a Dios.

R

rabí: El título de un maestro de la ley judía.

reino: Un lugar o grupo de personas gobernados por un rey.

resurrección: Volver a la vida de otra forma para nunca más morir.

resucitar: Dar vida a alguien que está muerto. Jesús resucitó a la hija de Jairo, al hijo de una viuda y a Lázaro.

rollo: Una tira larga de papel o de cuero de animal en la que se escribía. Cada extremo del papel se enrollaba sobre un palo para que fuera fácil guardarlo. La palabra de Dios se escribía en rollos.

Roma: 1. El imperio que controlaba gran parte del mundo cuando Jesús vivía en la tierra. 2. La ciudad capital del imperio. Se encuentra en Italia.

S

sábado: El séptimo día de la semana. Ese día los israelitas descansaban de su trabajo y dirigían sus pensamientos a Dios.

sabiduría: Comprensión que viene de parte de Dios. Pensar con sabiduría.

sacerdote: Persona que trabajaba en el tabernáculo o en el templo. Era responsable de sus propios sacrificios y oraciones a Dios y también de los del pueblo.

sacrificio: 1. Dar algo a Dios como ofrenda. 2. Algo que se ofrece a Dios como ofrenda de adoración. Ver también ofrenda.

sagrado: Apartado para Dios. Santo.

salmo: Un poema de alabanza, oración o enseñanza. El libro de Salmos contiene estos poemas.

salvación: Libertad de la culpa del pecado. Jesús murió por nuestros pecados y resucitó de la muerte. Con ese sacrificio pagó el castigo de nuestros pecados. Jesús nos salva si creemos en él.

Salvador: Aquél que nos ha librado del pecado. Nombre que pertenece a Jesucristo. Ver también Jesús.

salvo: Ser libre de peligro o de pecado.

santo: Apartado para Dios. Que pertenece a Dios. Puro.

Satanás: El enemigo más poderoso de Dios en el mundo espiritual. También llamado diablo.

señales milagrosas: Cosas asombrosas que Dios hace para mostrar su poder. Son cosas que no se pueden explicar por las leyes de la naturaleza.

Señor: Nombre personal de Dios o de Cristo. Indica que lo respetamos como nuestro Rey y Maestro.

sinagoga: El lugar de adoración y enseñanza de los judíos.

Sión: 1. La ciudad de Jerusalén. 2. La colina en que una vez se hallaba el palacio de David y donde estuvo el templo. 3. Otro nombre que se usa para describir el cielo.

sumo sacerdote: Una persona del linaje de Aarón. Estaba encargado de todo en el tabernáculo o en el templo. También estaba a cargo de todos los que trabajaban allí y de los que iban a adorar.

T

templo: 1. Cualquier lugar de adoración. 2. El edificio donde el pueblo de Israel adoraba a Dios y traía sus sacrificios. La presencia de Dios estaba en el templo de manera muy especial.

tentar: Tratar de hacer que alguien haga lo malo.

tumba: Lugar donde se pone el cuerpo de un muerto. Muchas veces era una cueva que se tapaba con una piedra grande.

U

ungido: Ser apartado como siervo especial de Dios.